W9-ALN-896

NO COMO TODOS

Para papá y mamá

Publicado por primera vez en inglés por
HarperCollins Children's Books con el título *Odd Dog Out*

Texto y ilustraciones: © Rob Biddulph 2016
Traducción: Anna Llisterri
Revisión: Tina Vallès

© de esta edición: Andana Editorial
C. Arbres, 23. 46680 Algemesí (Valencia)
www.andana.net / andana@andana.net

ISBN: 978-84-16394-49-4
Depósito legal: V-3080-2016
Impreso en China

NO COMO TODOS

Escrito e ilustrado por

Rob Biddulph

Andana
editorial

Los perros van y vienen,
están muy ocupados;

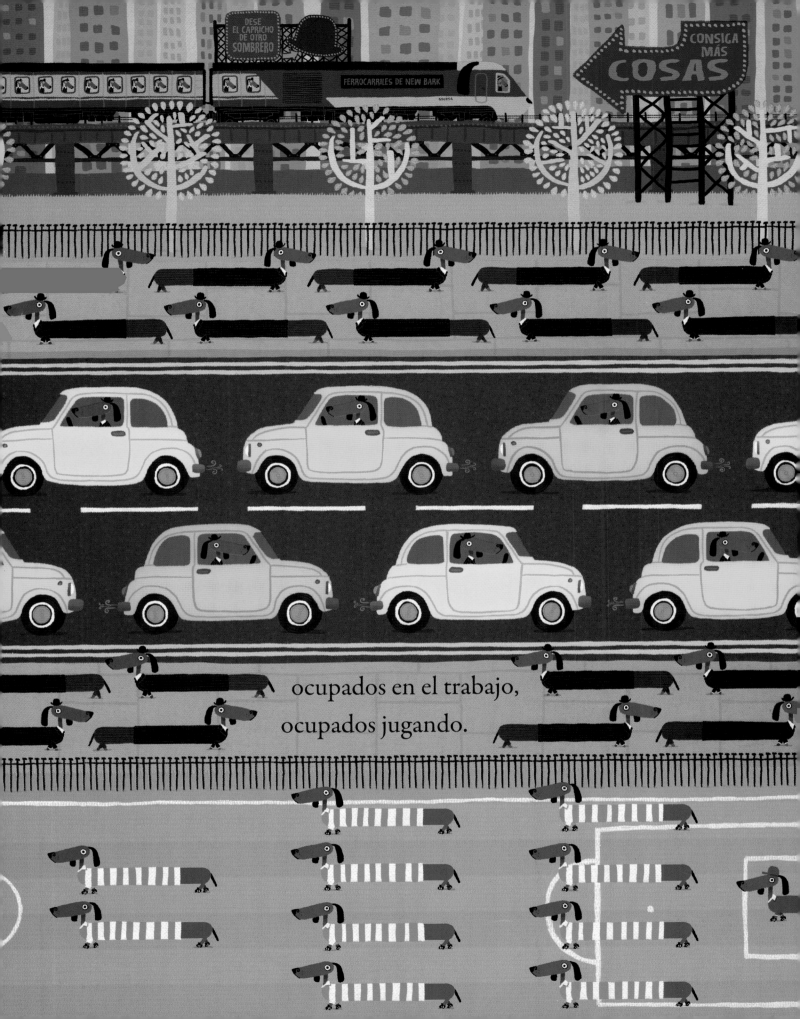

ocupados en el trabajo,
ocupados jugando.

Nadando...

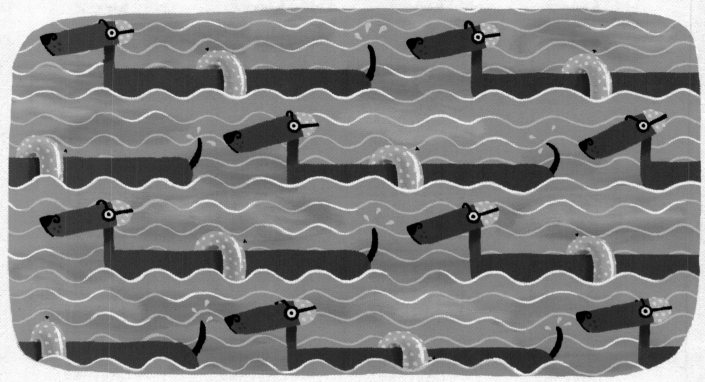

Navegando...

Vigilando...

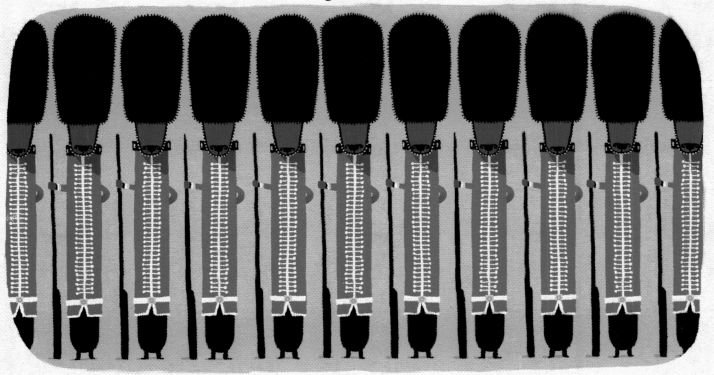

De excursión...

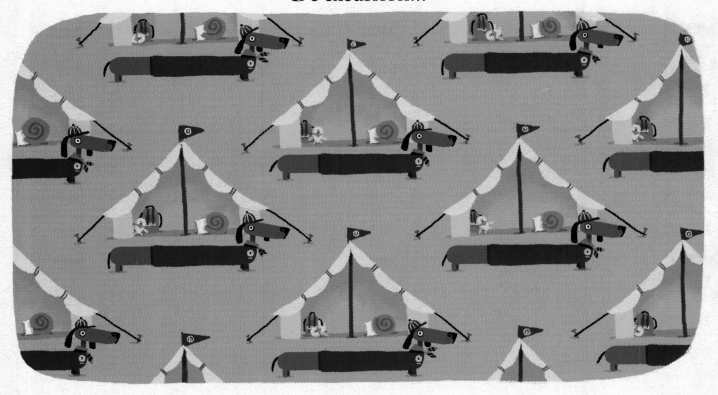

Todos se confunden. No hay distinción.

Un momento, fijaos. ¿Es posible ver
un perro que tiene otra forma de ser?

En esta avenida tan
llena de gente

hay alguien que sigue
un ritmo diferente.

Si todos
vuelan alto...

...ella va a ras de suelo.

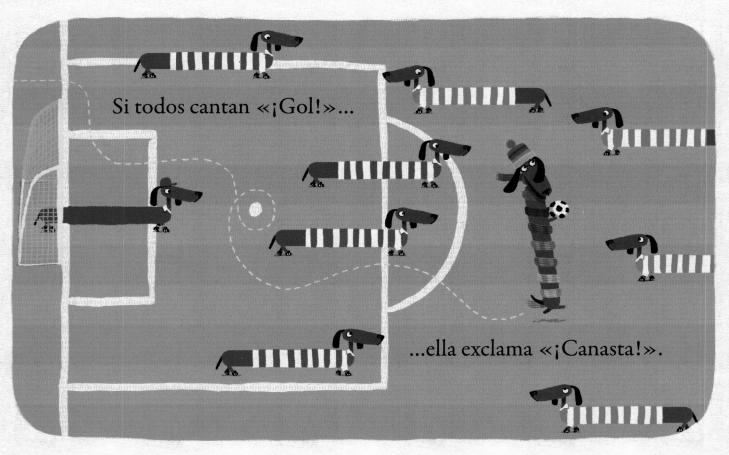

Si todos cantan «¡Gol!»...

...ella exclama «¡Canasta!».

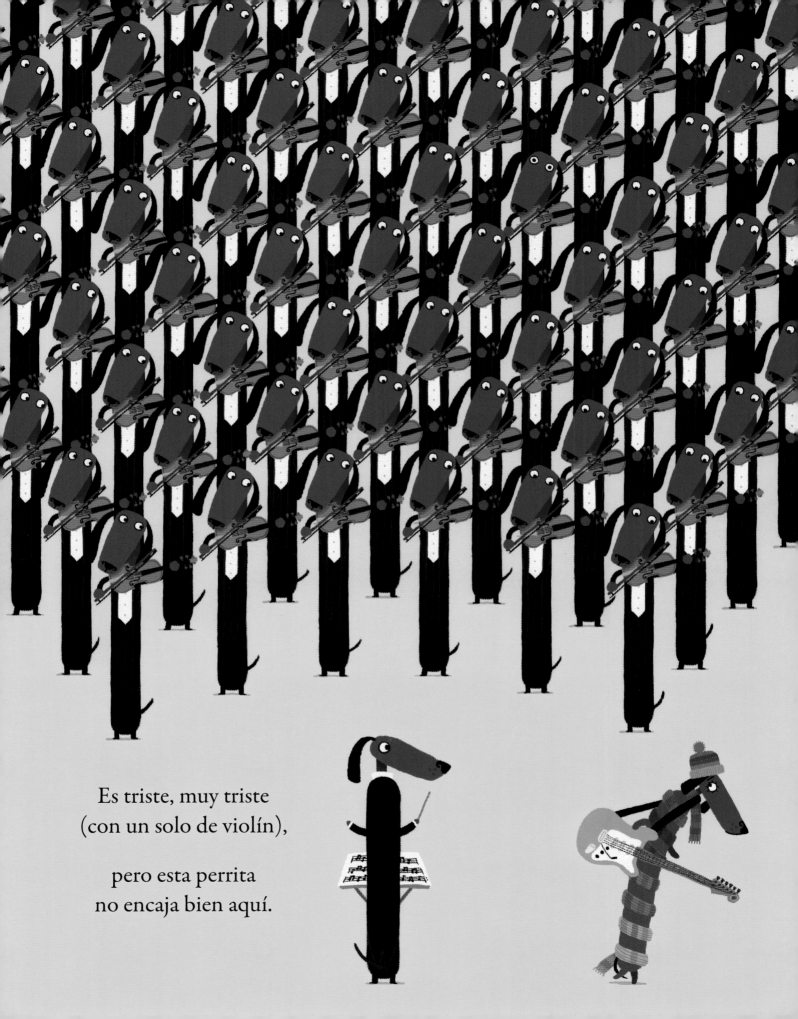

Es triste, muy triste
(con un solo de violín),

pero esta perrita
no encaja bien aquí.

–Es cierto –se lamenta–. Por más que lo intente
no puedo dejar de sentirme diferente.

Por eso me iré, no puedo esperar:
buscaré mi lugar fuera de esta ciudad.

Triste
y solitaria,
prepara
el equipaje,

suspira
con ansia
y empieza
el viaje.

En invierno...

en primavera...

en verano...

en otoño...

Desde el fondo del mar...

... hasta cimas sin igual.

Camina y camina hasta no poder más.
¿Y si encuentra su sitio en la nueva ciudad?

Por todos mis ladridos, ¡esto no puede ser!
¡Hay otros como yo, y son más de cien!

Un momento, fijaos. ¿Es posible ver
un perro que tiene otra forma de ser?

Entre los que han
salido a la calle hoy,

hay alguien que silba
su propia canción.

Es algo que ella conoce muy bien:
él no es como todos, lo puede entender.

−¡Ay, pobre! −le dice−. Lo siento por ti.
Es duro ser diferente, ya me pasó a mí.

−¡Oh, no, en absoluto! No está nada mal.
Yo estoy muy a gusto aunque no sea igual.

¡Entre toda la gente me encanta destacar!
Si eres distinta, con orgullo puedes brillar.

La barriga le da un vuelco
y luego una voltereta;
justo en este momento
ella ha caído en la cuenta:

«Este perro tiene razón.
Es muy evidente
que no pasa nada
por ser diferente.»

Su pequeña cola
ya no puede estar quieta,
y con una sonrisa
vuelve a hacer la maleta.

—Lo siento muchísimo,
debo subir al avión.

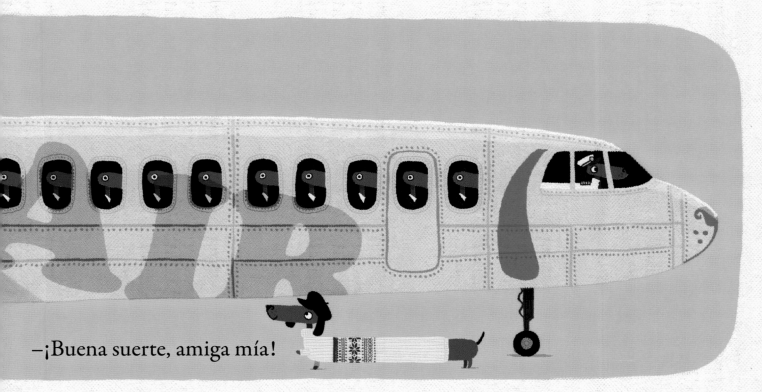

—¡Buena suerte, amiga mía!

Se dicen adiós.

De la noche al día, de la luna al sol, en un largo vuelo la perrita volvió.

Los perros van y vienen,
están muy ocupados;

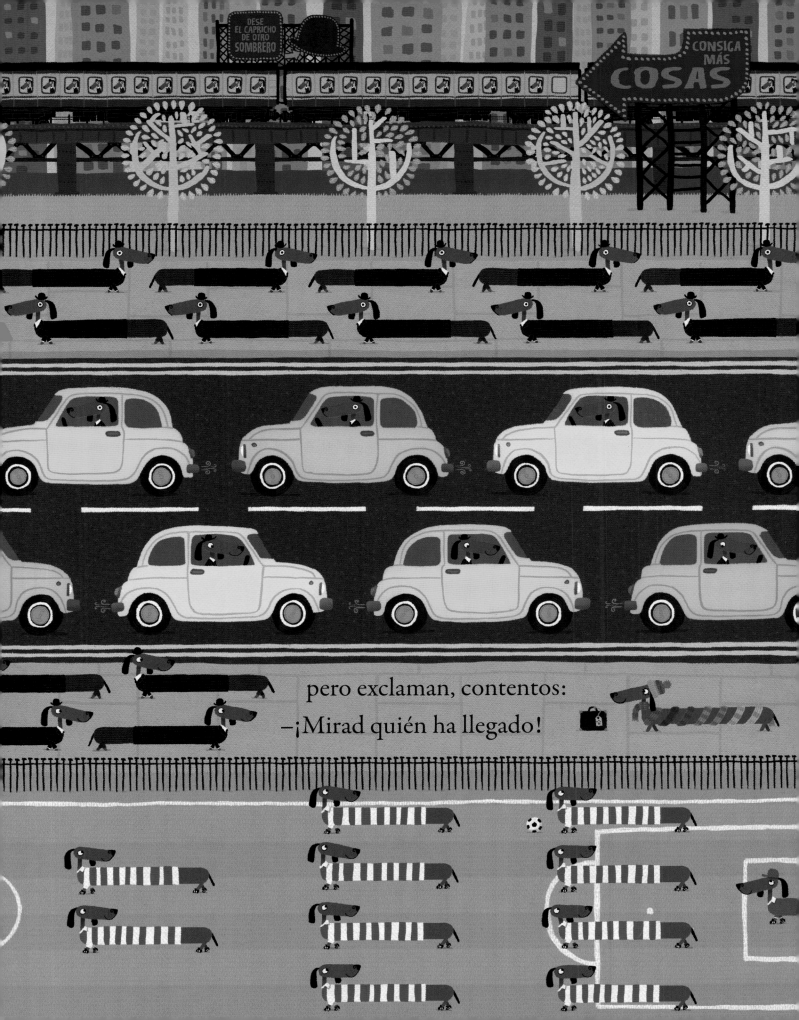

pero exclaman, contentos:
—¡Mirad quién ha llegado!

Entre gritos y aplausos, le dan la bienvenida:
–¡Te echamos mucho de menos, amiga distinta!

¡Y gracias a ti hemos descubierto
que ser diferente es un gran acierto!

Es verdad, fijaos. ¿Es posible ver
más perros que tienen otra forma de ser?

Ahora todos los perros
son superestrellas...

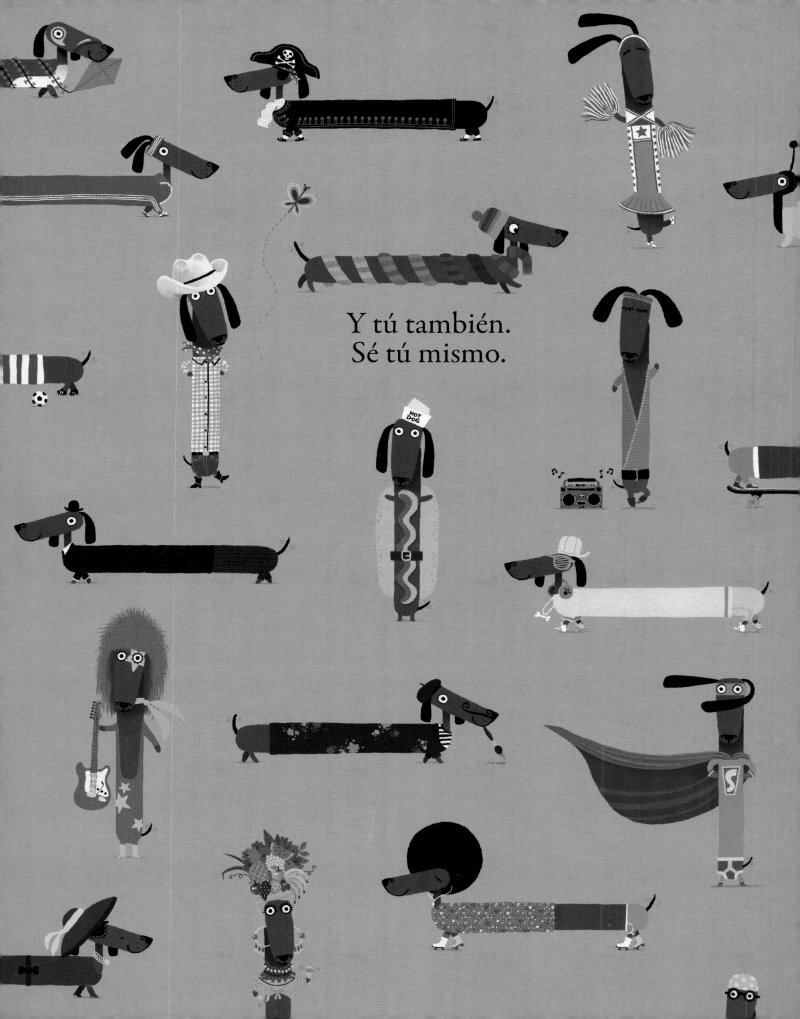

Y tú también.
Sé tú mismo.

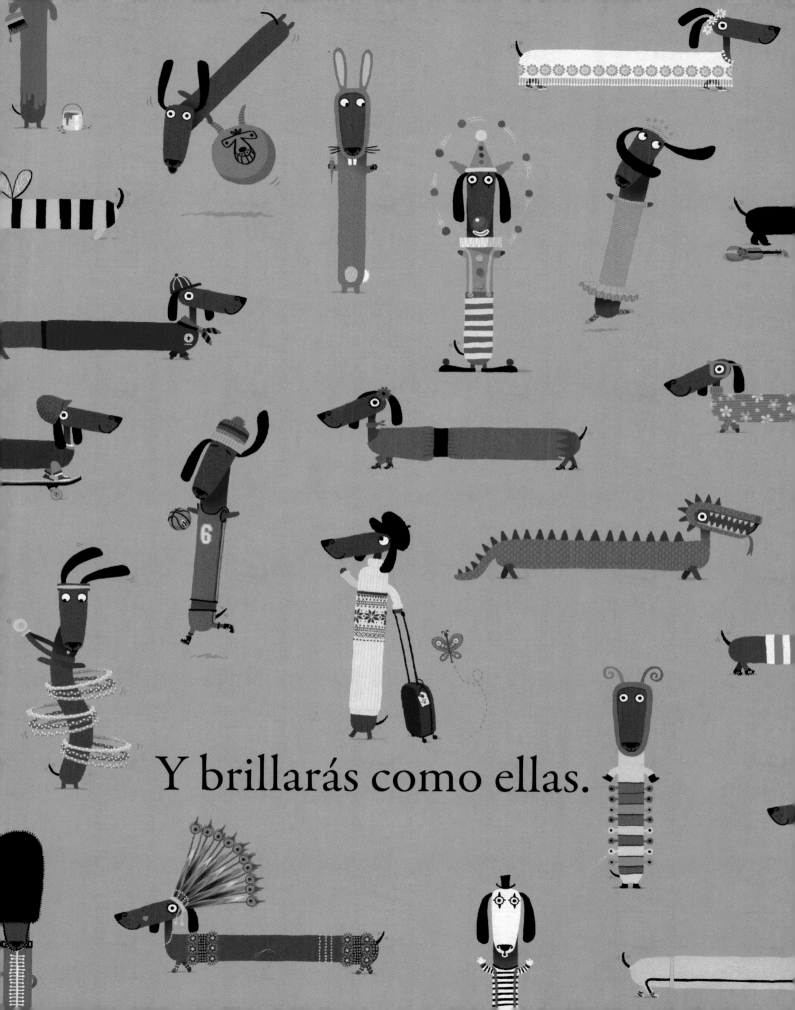

Y brillarás como ellas.